AF452202

DEUX HEURES
DE MYSTÈRE

Histoire invraisemblable,

PAR

M. CHARLES NARREY.

PARIS,

MOQUET, ÉDITEUR-LIBRAIRE,

COUR DE ROHAN, 3, PASSAGE DU COMMERCE,

Quartier de l'École de médecine.

—

Prix : 1 franc.

DEUX HEURES DE MYSTÈRE.

PARIS. — IMPRIMERIE DE LACOUR,
Rue St-Hyacinte-St-Michel, 33.

DEUX HEURES

DE MYSTÈRE.

HISTOIRE INVRAISEMBLABLE.

PAR

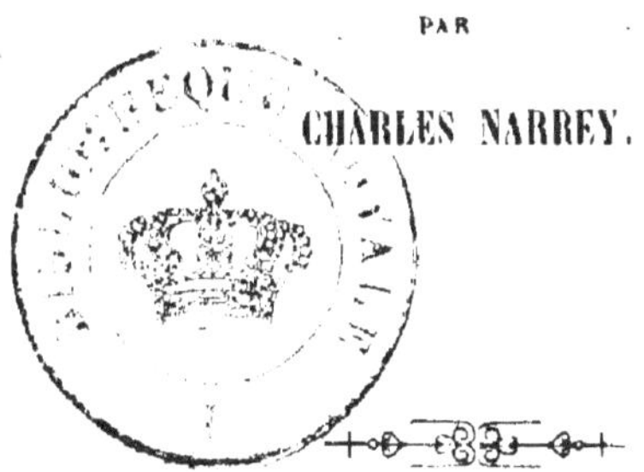

CHARLES NARREY.

PARIS.

MOQUET, ÉDITEUR-LIBRAIRE,

COUR DE ROHAN, 3, PASSAGE DU COMMERCE,

Quartier de l'École de médecine.

—

1847.

A M. ÉMILE CASTEL.

Mon cher Émile,

Toi, qui sais le secret de ce petit livre,
ne va pas le révéler aux lecteurs qui au-
ront daigné sourire en le parcourant...
ne leur dis pas que tu as lu quelque part
dans une Revue Écossaise oubliée, une
histoire beaucoup moins longue et par-
tant beaucoup plus amusante qui te rap-
pelle celle-ci; garde ta révélation pour
les juges sévères, que le récit des aven-

tures de M. Clam n'aura pas su dérider.

Tu diras aux premiers que j'ai tout inventé, le fond et les détails.... tu feras un mensonge; aux seconds.... tu diras que j'ai publié cette historiette absolument telle qu'elle a été écrite par l'auteur anglais, qu'ils doivent donc s'en prendre à lui de l'ennui qu'ils ont éprouvé... tu feras encore un mensonge... mais que ne ferais-tu pas pour être agréable à ton vieil ami.

Ch. N.

TABLE

DES MATIÈRES.

———

FIN DE LA TAALE DES MATIÈRES.

DEUX HEURES DE MYSTÈRE.

CHAPITRE PREMIER.

Par un beau jour du mois de juin de l'année 18.., l'une des nombreuses voitures publiques de Londres descendait avec une rapidité effrayante la rue principale de B***,
petite ville de garnison située à vingt milles
environ de la capitale, lorsque les chevaux,
par un effort soudain qui les fit plier sur leurs
jarrets, s'arrêtèrent tout fumants à la porte de
l'hôtel de la poste.

C'est un ravissant spectacle pour l'œil d'un
observateur qu'une élégante voiture de l'an

cienne fashion, traînée par quatre chevaux
fringants, avec son cocher adroit et hardi,
ses harnais brillants et ses charmantes voya-
geuses qui jettent un regard étonné aux pau-
vres provinciaux attroupés sur leur passage.

Avez-vous voyagé, et dans vos voyages
avez-vous parfois remarqué l'adresse des pal-
freniers qui aux relais détèlent les chevaux
pour les remplacer par d'autres chevaux?
Avez-vous remarqué aussi la rapidité avec
laquelle le conducteur trouve parmi toutes les
malles et tous les sacs de nuit qui encom-
brent l'impériale de sa voiture, le bagage des
voyageurs arrivés à destination, le gracieux
salut que ceux-ci reçoivent en échange du
pour-boire qu'ils donnent au postillon? Avez-
vous remarqué surtout le coup-d'œil qu'au
moment du départ la foule promène sur la
fugitive voiture?

A notre avis, rien n'est à la fois plus élo-
quent, plus poétique et plus triste que ce
long regard qui semble dire : « Où allez-
« vous?... qui êtes-vous, ô mes frères, de-
« vant Dieu, vous que je vois pour la pre-
« mière et sans doute pour la dernière fois,
« vous en qui je trouverais peut-être l'ami
« que chacun cherche sur la terre et que si
« peu de gens trouvent? Qui êtes-vous? vous

« qui souffrez peut-être, vous qui cherchez
« un consolateur, vous qui volez à l'autre
« bout du monde quand le bonheur est à vos
« côtés, qui êtes-vous? »

Si vous aimez les grands spectacles de la nature, les sites pittoresques et les rêveries mélancoliques, restez désormais chez vous, les chemins de fer ont dépoétisé les voyages.

Depuis que les chevaux et les voitures sont remplacés par des locomotives, adieu ces connaissances lestement ébauchées et oubliées de même, adieu ces petits romans dont le premier chapitre était aussi le dernier; adieu ces conversations intimes où chacun raconte une histoire qu'il prétend être la sienne, sans dire son nom et sans savoir celui de ses auditeurs.

Comment feront désormais les romanciers s'ils n'ont plus de voitures publiques, que deviendra le *chapitre* intitulé *la Diligence* que l'on trouve dans tous les romans anciens et modernes.

Les maux causés par les locomotives sont incalculables, et pourtant on les voit se draper aussi fièrement que lourdement dans leur manteau de métal, tandis qu'elles devraient rougir et aller cacher leur honte au fond de l'Amérique, leur berceau,

Mais revenons à la porte de l'hôtel de la poste, et disons qu'en ce beau jour dont nous avons parlé plus haut, deux voyageurs seulement, une dame et un monsieur occupaient l'intérieur de l'élégante voiture.

Dès que la diligence fut arrêtée, la dame s'élança lestement à terre, laissa tomber sur son visage un voile de dentelles noires, prit sous son bras tout son bagage, c'est-à-dire un petit panier, mit une demi-couronne dans la main du conducteur et remonta précipitamment la rue.

Le monsieur descendit ensuite, passa un temps considérable à reconnaître son sac de nuit, puis plongeant son bras entier dans la poche démesurément profonde de son pantalon, en retira quelques pièces de menue monnaie qu'il donna à l'impatient conducteur en lui disant avec mystère :

— Hum ! un mot, s'il vous plaît, conducteur... connaissez-vous cette dame?... Hum ! quelle charmante tournure elle a... hum ! hum !

Le conducteur jeta les yeux sur son registre, puis il répondit négligemment.

— Il n'y a pas de nom sur ma feuille.

— Ainsi, reprit le voyageur, vous ne pouvez me donner aucun renseignement ?

— Aucun.

— C'est la plus jolie créature que j'aie vue de ma vie... Quant à madame Moos...

Mais avant que le monsieur si curieux qui tenait toujours son sac de nuit à la main eût eu le temps de faire ses révélations au sujet de madame Moos ou de poursuivre son enquête sur la belle inconnue, le conducteur était remonté sur son siége, avait fouetté ses chevaux et était parti au galop laissant notre investigateur à la même place, et aussi ignorant que devant.

— Couchez-vous ici, monsieur? voulez-vous dîner, monsieur? voici le chemin du restaurant, monsieur, dit alors avec volubilité un beau jeune homme aux longs cheveux bouclés, élégamment vêtu d'un habit bleu Brummel et muni d'une serviette d'une entière blancheur qu'il portait sur son bras avec une grâce parfaite.

— Ah! vous êtes le garçon...Oui? Eh bien, garçon, j'ai le plus grand besoin de découvrir une chose de la plus haute importance, et j'espère que vous pourrez m'aider.

— Chez nous, monsieur, vous aurez une côtelette de mouton à la minute.

— Vous ne m'avez pas entendu, écoutez moi... Je vais vous faire quelques questions...

Avez-vous vu la dame qui est sortie de la voiture en même temps que moi? c'est une créature céleste. Quels yeux noirs!. quelle voix enchanteresse... quel pied mignon... Garçon, elle a une main d'enfant... nous sommes venus ensemble de Londres... elle parle très-peu et fait un mystère de son nom... Je voudrais découvrir qui elle est et ce qu'elle vient chercher dans cette petite ville... Me comprenez-vous?

—- Oui, monsieur, répondit le garçon qui n'avait évidemment pas compris le moins du monde?

— Eh bien! garçon, je ne sais pas trop quelle est votre manière de voir en ce pays... mais moi je pense que les dames de quarante-cinq ans ne sont plus de la première jeunesse... et. vous le dirai-je, ma voisine de Londres, madame Moos, a quarante-quatre ans onze mois et vingt-deux jours... Comprenez-vous? ·

— Oui, monsieur.

— Mais je suis certain que la jeune dame dont nous parlons n'a pas plus de vingt-trois ans, à en juger par ses yeux, par sa bouche et par son front pur... Vingt-trois ans, garçon, c'est un bel âge... Vous ne l'aviez jamais vue avant aujourd'hui, n'est-ce pas?...

— Non monsieur. jamais.

— Elle est véritablement d'une beauté angélique... Quant à moi, je suis retiré du commerce de dentelles et de rubans depuis douze ans... mais je crois que c'est le plus bel échantillon du beau sexe que j'aie jamais rencontré... Garçon, vous êtes bien sûr de ne pas savoir qui elle est?

— Parfaitement sûr, monsieur. — Vous couchez ici? m'avez-vous dit, je crois... monsieur...

— Non, je n'ai pas dit cela, répondit vivement l'étranger.

— Ah! fit le garçon qui n'avait pas écouté un mot de tout ce que lui avait raconté notre héros .. et il rentra chez son patron.

CHAPITRE II.

Le meilleur et même le seul moyen d'obtenir des renseignements sur un objet quelconque, pensa l'homme au sac de nuit dès qu'il se vit seul dans la rue, c'est de regarder tout ce qui se passe autour de soi et de questionner adroitement tout le monde... J'ai toujours agi de la sorte depuis que j'ai commencé mes voyages instructifs... Il ne m'a fallu qu'un seul instant pour apprendre du garçon tout ce qu'il savait... Il ne savait rien, c'est vrai, mais s'il avait su quelque chose il n'aurait pu me le cacher. J'ai manqué ma vocation, j'étais né pour être juge d'instruction.

La personne qui possédait un si grand talent d'investigation, était un homme d'une

cinquantaine d'années environ, court et gras,
portant sur sa figure l'expression de la plus
complète bonhomie. Il serait impossible de
rencontrer, fît-on le tour du monde, quelqu'un qui eût à un plus haut degré la physionomie de l'homme heureux. Son petit
œil vif sentait le trois et demi pour cent, et
les traces de quelques prêts hypothécaires se
lisaient dans les rides de son visage. On aurait
volontiers couru la chance d'échanger ses livres de banque contre les siens.

— Que je suis heureux de n'avoir fait aucune proposition sérieuse à madame Moos...
c'est une femme charmante, mais décidément grasse, et avec cela elle a toujours un
petit ton sentencieux.

— Les voyages, dit-elle, agrandissent l'esprit, — de quelle taille voudrait-elle donc
qu'on l'eût, — développent l'intelligence,—
croit-elle donc que la cervelle d'un homme
soit faite comme un éventail?... Je voudrais
parbleu bien découvrir quelle est cette ado-
rable inconnue...

Comme si les vœux de notre bonhomme al-
laient être exaucés, au même instant une
petite main vint lui effleurer légèrement l'é-
paule.

CHAPITRE III.

En se retournant il reconnut sa jolie compagne de voyage.

— Pardon, monsieur, lui dit-elle d'une voix douce et visiblement émue, pardon si je m'adresse à vous, mais votre extérieur m'enhardit à...

— Ah! madame, vous êtes trop bonne... je suis flatté, honoré, charmé, je vous jure.

— L'expression bienveillante de votre physionomie m'encourage à...

— Oh! madame, je suis confus.

— A demander votre aide dans une position difficile.

— A merveille, pensa notre homme... Je vais découvrir tout ce qui la concerne, — comme je vais la questionner!...

— Vous voudrez bien m'aider, j'en suis certaine, ajouta la jeune dame.

— Vous ne pouvez en douter... — Hum ! hum ! quelles dents blanches ! madame Moos est une véritable victime avec ses maux de dents. — Comment puis-je vous être utile, madame ? Ne trouvez-vous pas très-singulier le hasard qui nous fait voyager ensemble... le hasard qui nous fait nous arrêter dans la même ville ? Cette coïncidence me paraît excessivement bizarre, et à vous, madame ?...

— Monsieur, je bénirai cette circonstance si...

— Ah ! une autre chose assez extraordinaire aussi... c'est que vous vous soyez adressée à moi, qui, il est vrai, ai passé la fleur de l'âge, qui suis certainement un peu au-delà de...

— La jeunesse... continua la dame sans remarquer le regard de désappointement qui accueillit cette remarque... C'est précisément pour cette raison, monsieur, que je compte sur votre obligeance... Vous avez peut-être des filles ou des petites-filles qui...

— Des petites-filles !... des petites-filles ! .. je voudrais parbleu, madame, que vous entendissiez madame Moos lorsqu'elle parle de ma vivacité juvénile, de mon enjouement, de ma gaîté, de... et de mille autres choses encore que la modestie m'interdit de nommer... Madame Moos est une femme charmante, mais grasse, véritablement fort grasse.

— Connaissez-vous la ville, monsieur? reprit la jeune femme en interrompant notre bavard.

— Parbleu, si je la connais... c'est la première fois que j'y viens, mais j'en ai lu une excellente description dans le *Penny magazine*, il y a longtemps, par exemple. Est-elle célèbre par quelque rocher, quelque cascade ou quelque manufacture? c'est ce que je ne puis plus trop dire... Peut-être y a-t-il ici tout cela à la fois... Bientôt nous le saurons, si nous nous donnons seulement la peine de la visiter... car les voyages agrandissent l'esprit et développent l'intelligence, à ce que prétend madame Moos.

La jeune dame jeta à la dérobée un regard inquiet sur la figure du disciple de madame Moos, comme si elle se repentait déjà de s'être adressée à lui, puis elle reprit :

— Ainsi donc, monsieur, vous ne connaissez pas mieux que moi la localité... comme moi vous ignorez le chemin de l'endroit où je dois me rendre?... Ah! si vous connaissiez le motif qui m'oblige à y aller.

— Je ne demande qu'à le savoir... C'est cela, accordez-moi votre confiance, je m'en montrerai digne.

— Ma confiance ! hélas ! l'affaire dont il s'agit ne peut intéresser que les personnes qu'elle concerne... Je ne suis venue de Londres que pour une seule chose. . je ne me propose qu'un but, et si je ne réussis pas, si même je diffère encore de quelques instants, les conséquences pourront être... Ah ! je frémis rien que d'y penser.

— Mais, vous ne me dites pas...

— Je ne puis...

— Je commence à croire que madame Moos a raison, les voyages agrandissent considérablement l'esprit, pensa notre voyageur.

— Il est absolument nécessaire que mon séjour ici soit un mystère, je ne pouvais charger personne de cette mission ; hélas ! hélas ! je n'ai près de moi aucun ami en qui je puisse mettre ma confiance.

— Hum ! hum ! fit le petit homme ému par la tristesse de la voix et du regard de sa compagne... Vous vous trompez, vous avez un ami, madame, vous pouvez me confier quoi que ce soit... à moi... à *Nicolas Clam*, n° 4, *Waterloo place*, *Wellington road*, *Regent's park* à Londres. Je vous dis mon nom et mon adresse pour que vous sachiez qui je suis et d'où je viens...

J'ai quitté les affaires il y a douze ans, parce que un beau matin mon oncle John est mort en me laissant son héritage... J'habite une petite maison à porte et à façade vertes, avec une entrée grillée, un cordon de sonnette contre la muraille... et j'ai pour voisine madame Moos, c'est une assez bonne femme, mais grasse, très-grasse... Maintenant que vous me connaissez, vous me direz peut-être...

— J'ai peu de choses à vous dire... je suis venue dans cette petite ville pour voir un officier d'un corps étranger qui doit être arrivé ce matin seulement, et si je ne parviens pas à le trouver aujourd'hui même... ce retard peut causer la mort de quelqu'un.

— Un officier! mort! s'écria le vieux bonhomme; diable! diable! ce sont des gens bien immoraux que ces officiers, des mauvais sujets!... des étourneaux!.. Puis il ajouta à voix basse : c'est une fort jolie femme, mais je crains qu'elle soit un peu folle... Ce n'est pas madame Moos qui se laisserait ainsi captiver par un officier,

La jeune femme aperçut sans doute sur le visage de M. Clam (qui était rayonnant de la découverte qu'il croyait avoir faite) quelque chose qui lui déplut, car elle lui dit assez sèchement : décidément, monsieur, vous ne connaissez pas le chemin de la caserne ?

— Moi, madame, je n'ai de ma vie parlé à un officier, sous-officier ou soldat, répondit M. Clam en minaudant ; puis il ajouta entre ses dents : ce n'est pas madame Moos qui irait le matin seule faire une visite à la caserne. Bon dieu, quelle femme est cette femme !

— Ainsi donc, monsieur, vous ne pouvez m'être d'aucune utilité reprit l'inconnue en regardant M. Clam en face ?

— Pardon ! madame, je puis demander le chemin de la caserne au premier passant... Justement, voici un jeune officier qui vient à nous... je vais le lui demander et je serai de retour avant une minute.

En disant ces mots M. Clam déposa son sac de nuit sous la porte cochère de l'hôtel de la poste et courut à la rencontre du jeune officier.

CHAPITRE IV.

Pendant que son Mercure exécutait ce
steeple-chasse d'un nouveau genre, l'inconnue
examina le nouvel arrivant. C'était un jeune
homme de vingt à vingt-cinq ans... Il y avait
dans toute sa personne ce je ne sais quoi qui
indique un personnage parfaitement content
de son mérite... il portait la tête haute, était
fièrement campé sur ses hanches, et dans le
regard qu'il jetait tantôt à sa droite, tantôt à
sa gauche, un observateur aurait pu lire ces
mots : « Connaissez-vous mes succès militaires? avez-vous assisté au triomphe que j'ai
obtenu au dernier bal du comté?... quelqu'un vous a-t-il parlé des applaudissements
que me décernent quotidiennement mes
amis dans nos petits soupers?.. » etc., etc.

Dès que le jeune officier fut assez près de la dame pour qu'elle pût voir ses traits, elle jeta un cri et se voila complétement la figure.

— Ciel! c'est Chatterton lui-même, oh pourquoi ai-je initié ce vieux bavard à mes affaires... Si la rencontre a lieu avant que j'aie pu leur donner des explications, tout est perdu? Après avoir murmuré à voix basse ces paroles, la jeune dame s'éloigna rapidement en se dirigeant vers une rue voisine, mais elle fut bientôt en proie à la plus vive inquiétude en entendant qu'on la poursuivait; comme elle n'osait se retourner, elle jugea au retentissement des pas qu'il y avait plusieurs personnes. Son inoffensif compagnon, M. Clam, était pourtant seul.

— Arrêtez, madame, arrêtez au nom du ciel, s'écria-t-il en respirant à peine... Par cette rue, vous vous éloignez de la caserne... Madame! madame! De quel train elle va... Madame! Elle est sourde... Cette femme-là me ferait mourir de consomption en huit jours... Madame! Ma voisine, madame Moos a plus de sens commun. Pour dieu, cessez de courir ainsi, madame.

— Avez-vous découvert le chemin, monsieur, demanda l'inconnue avec agitation en jetant derrière elle un regard inquiet.

— Parbleu ! n'ai-je pas la faculté de tout découvrir ?... J'ai dit à ce monsieur que j'étais arrivé de Londres avec vous, que vous aviez quelques affaires de la plus haute importance à la caserne... que c'était un mystère que je n'avais pas cherché à pénétrer, et au moment où je lui faisais toutes ces questions...

— Ces questions ?... Vous appelez cela des questions ? interrompit la dame sans pouvoir réprimer un sourire, il me semble que vous lui en avez dit plus que vous ne lui en avez demandé.

— Vous croyez ? mais laissez-moi continuer. Dès qu'il sut qu'il s'agissait d'une dame et que cette dame désirait connaître le chemin de la caserne, il a demandé à l'y conduire lui-même... C'est un jeune homme bien poli, n'est-il pas vrai, madame ?

— Oh ! pourquoi lui avoir parlé, s'écria l'inconnue en précipitant le pas, vous m'avez perdue.

— Je vous ai perdue ! moi ? ah ! ceci est par trop fort ; apprenez, madame, que je n'ai jamais de ma vie perdu personne... Comment aurais-je pu savoir que vous connais-

siez ce jeune homme? Il y a quelqu'horrible
mystère en cette femme, murmura M. Clam,
en soufflant comme un phoque échoué sur le
rivage, et si Dieu me prête vie, je saurai
bien le découvrir, dussé-je y perdre mon latin ou ma fortune... Rien ne développe l'esprit comme la curiosité, à ce que prétend
madame Moos.

— Savez-vous si nous sommes encore loin
de la caserne, monsieur?

— Nous ne sommes pas du tout sur la
route qui y conduit, et chaque pas que nous
faisons nous en éloigne... De plus nous nous
éloignons aussi du jeune officier.

— Mais je ne dois pas le voir, monsieur,
entendez-vous, je ne veux pas être reconnue
par lui.

— Eh bien, madame, le mal n'est pas
bien grand jusqu'à présent, j'ai tout fait
pour le mieux, selon les principes de la raison, comme dit madame Moos, et si par ma
faute vous êtes dans une position critique, je
saurai vous en tirer... Prenez mon bras, madame, retournez sans crainte sur vos pas, et
si ce jeune homme vous importune, je l'aurai
bientôt renvoyé à ses affaires.

CHAPITRE V.

La jeune dame accepta la proposition de
M. Clam, et ils revinrent ensemble vers la
rue où était resté l'officier. Dès que ce dernier les aperçut il s'empressa d'aller à leur
rencontre et leur dit, en touchant gracieu-
sement du revers de sa main le bord de son
chapeau :

— Vous désirez que je vous indique le
chemin de la caserne?...

— Vous vous trompez, monsieur, répliqua tranquillement M. Clam... nous trouve-
rons facilement nous-mêmes ce chemin si
toutefois nous tenons à le trouver.

— Il n'est pas bien loin d'ici, poursuivi l'officier, et je vous y accompagnerai volontiers.
Quel que soit le service que vous puissiez me

demander, vous, monsieur, ou votre charmante compagne, je serai heureux de vous le rendre. Désirez-vous voir quelqu'un à la caserne?

Cette question était adressée à la jeune dame qui détourna la tête sans faire aucune réponse.

— Si nous éprouvons le besoin de voir quelqu'un à la caserne ou ailleurs, dit assez sèchement M. Clam, nous le verrons bien sans que vous vous dérangiez... Mais nous sommes pressés, monsieur, madame a passé la journée entière en voiture... elle vient de Londres dans le seul but de...

Ici un énorme pincement suspendit la phrase, prévint une plus longue indiscrétion et fit tressaillir M. Clam comme s'il avait été piqué par un aspic.

— Vous auriez bien pu ne pas pincer si fort, dit-il à voix basse en lançant un regard furieux à sa compagne... Je crois que vous avez emporté la pièce... Je n'allais rien dire... d'ailleurs j'ai de bonnes raisons pour être discret... Laissez-nous, continua-t-il en s'adressant au jeune officier, nous n'avons que faire de votre aide.

Le jeune homme regarda M. Clam avec surprise.

— Fort bien, monsieur, dit-il, mais je croyais vous rendre un service en vous accompagnant.

— Vous nous en rendrez un plus grand en nous quittant au plus vite, ajouta le gros bonhomme en prenant un air à la fois courroucé et digne qui le faisait ressembler à s'y méprendre à un coq d'Inde *qui fait le beau.*

— Monsieur, je ne comprends pas un pareil langage.

— Alors votre éducation a été bien négligée, car ce que je vous dis je vous le dis en anglais et en bon anglais. Nous ne souhaitons pas votre société, monsieur; ainsi donc, demi-tour à droite ou à gauche, en avant ou en arrière... marche.

— Vous ne meritez pas qu'on réponde à vos grossièretés. . vous avez le droit d'être insolent, vos manières communes vous assurent l'impunité .. Cependant, si madame a besoin de mon assistance...

— Elle peut fort bien se passer de votre assistance, je dirai plus, elle m'a juré, il y a un instant, qu'elle désirait n'en avoir jamais besoin.

Un second pincement, plus violent que le premier à en juger par la nouvelle grimace du patient, vint rompre pour la deuxième fois le fil de son discours, et il faillit étouffer de fureur un peu à cause du froid dédain du jeune officier et beaucoup à cause de la douleur qu'il ressentait au bras.

Pour M. Clam, la douleur morale ne passait qu'après la douleur physique.

— Vous êtes un impertinent, monsieur, reprit notre victime dès que sa souffrance fut un peu calmée... sachez bien que je ne donnerais pas une aune de dentelle pour tous les fats qui portent l'habit rouge... Monsieur, mon nom est *Nicolas Clam, esq.*, no 4, *Waterloo place*, *Wellington road Regent's park* à Londres, et je saurais tirer sur un freluquet tout aussi bien qu'un autre.

— Vous entendrez parler de moi, monsieur, dit l'officier en se mordant les lèvres. Mon nom est Chatterton, le lieutenant Chatterton... Sans adieu, monsieur.

Il toucha avec hauteur le bord de son chapeau et s'éloigna rapidement.

CHAPITRE VI.

— Victoire! victoire! madame. Ces jeunes gens se croient tout permis... j'aurais voulu apercevoir un agent de police ou un sergent d'archers, vous auriez vu comme j'aurais fait charger ce fou.

— Oh venez vite... bien vite s'écria la jeune femme en entraînant son compagnon, conduisez-moi à la caserne, il faut que je le voie à l'instant même.

— Qui? hasarda M. Clam, qui? Je brûle de comprendre ce que tout cela signifie... Qui devez-vous donc voir? Quant à moi je ne tiens à voir personne... je voudrais seulement que vous me dissiez ce que...

— Dispensez-moi de ce récit... pour le moment du moins, je suis si troublée par tous

les événements qui m'arrivent, que... que...
En vérité excusez moi et venez vite, venez
vite...

Il y avait d'autant moins à repondre à une
pareille demande, que joignant l'action à la
parole et entrainant son cavalier, la jeune
dame lui enleva en une minute la quantité
d'haleine nécessaire pour soutenir une conversation.

La rapidité de sa course n'empêcha pas
M. Clam de faire une foule de réflexions plus
profondes et plus sages les unes que les autres... Il pensa d'abord que les avantages
qu'on retire des voyages sont moins grands
qu'on ne se l'imagine généralement; ensuite
il pensa que c'est toujours une folie de se
constituer le champion d'une dame rencon-
trée par hasard, surtout quand elle cache
son nom et qu'elle couvre d'un voile épais
ses moindres actions... et son visage.

CHAPITRE VII.

Le jeune homme que nous savons maintenant être Chatterton, le lieutenant Chatterton poursuivit sa route dans la principale rue de la ville en proie à la plus grande agitation.

— Un vilain! un manant! un paltoquet! insulter un officier! un gentilhomme! et cela en présence d'une dame, pensa-t-il... ah c'est mille fois plus que je n'en puis souffrir.

Enflammé d'une colère bien concevable si l'on songe qu'il a le bonheur d'avoir vingt-cinq ans et l'honneur d'être officier au service de la reine, Chatterton fut bientôt déterminé à tirer vengeance de cette insulte... Il pensa d'abord à chercher un ami

qui voulût bien se charger de porter un cartel à son adversaire. Il était dans ces dispo-
sitions lorsque le major Mac Toddy vint à
passer.

— Ah! parbleu, je n'ai jamais été si heureux de rencontrer un ami, s'écria le jeune
officier en saisissant la main du major,
homme de haute taille, aux formes athléti-
ques, à la face rubiconde et portant sur ses
traits une expression de bonhomie qui n'ex-
cluait ni la fermeté ni le bon sens.

— En vérité, mon jeune ami, repliqua le
major avec un accent qui sentait fortement
sa province... trève de compliments, je n'ai
pas sur moi une seule guinée à votre service,
chez moi c'est différent, dans mon coffre, *in
arca*, comme on dit en latin.

— Il ne s'agit pas d'un emprunt... pour
le moment... je vous demande seulement
votre aide dans une affaire de la plus haute
importance, et vous avez toujours été si aimable, si bon pour moi que vous ne me refuserez pas, j'en suis certain.

— Parlez-donc, enfant! expliquez-
vous.... *parla fanciullo*, comme on dit
en italien, interrompit le major qui semblait résolu à faire preuve d'érudition en
matière de langues mortes ou même vivantes,

car il commençait invariablement toutes ses phrases en patois irlandais pour les traduire ensuite, avec peine, il faut bien l'avouer, soit en allemand, soit en italien, soit en espagnol, soit en anglais, soit en français, soit en latin de cuisine et même en hollandais.

— Avez-vous aperçu une jeune dame près de l'hôtel de la poste? belle, gracieuse, timide et *cætera*; par le ciel, elle a une taille et des yeux à vous rendre fou, exclama Chatterton.

— Alors pourquoi l'avez-vous regardée? Répondez à cela, je vous prie, *responde si piace*, comme on dit.

— Une personne charmante! ravissante! major Toddy.

— Enfin qu'est-ce que cela signifie? Est-ce pour une intrigue de femme, *fœminæ*, comme on dit, que vous avez besoin de mon aide... en ce cas, votre serviteur de tout mon cœur. *Vade retro satanas.* Je ne suis plus d'âge à me mêler de ces choses-là, *no me gusta*, comme on dit en espagnol.

— Je vous jure, major, que c'est la plus gracieuse créature des trois royaumes. Quels pieds! quelles épaules! quelle tournure! quelle...

— Avez-vous fini votre inventaire ?

— Je vous dis, major, que je le tuerai.

— Qui? demanda M. Mac Toddy étonné.

— Je le tuerai comme un canard sauvage, le drôle, le faquin, le pleutre... le mari ! — Je n'ai pu voir le visage de sa femme, mais...

— Le ciel nous préserve! *Behüte der himmel*, comme on dit en allemand. On ne doit pas tuer un homme parce qu'il n'a pas voulu laisser voir la figure de sa femme, le motif n'est pas raisonnable... Soyez plus calme Chatterton, soyez plus calme.

— Plus calme, cela vous est facile à dire, à vous, une vieille moustache grise... Mais j'ai été insulté, bafoué, on s'est moqué de moi.

— Qui s'est moqué de vous? le monsieur. .

— Et la dame aussi probablement... d'ailleurs, quoique je n'aie pu, à cause de son voile, apercevoir sa figure, j'ai bien vu au soin qu'elle mettait à me cacher son visage et aux mouvements de sa tête, qu'elle étouffait à peine son rire. Ah ! je le tuerai... ou il me tuera... Je le tuerai plutôt.

— Vous n'en avez pas le droit. monsieur...

Que vous a fait ce brave homme pour que vous le tuiez, reprit le major de plus en plus étonné de l'emportement de son jeune ami.

— Ce qu'il m'a fait!... il ne m'a pas dit positivement que j'étais un fat... mais il a eu l'intention de le dire; je l'ai parfaitement compris au clignement de son petit œil gris et au sourire de ses grosses lèvres rouges et pendantes qu'il a cherché à rendre ironiques.

— Vous ne pouvez pas cependant provoquer un homme parce qu'il a des yeux gris et des lèvres pendantes... Continuez, *quid ultra*, comme on dit.

— Il m'a demandé le chemin de la caserne.

— Eh bien ! il n'y a pas grand mal à cela. *Es ist übel*, comme on...

— Je lui indiquai ce chemin et j'offris de lui servir de guide afin de l'aider à trouver la personne qu'il cherchait, car vous savez que je connais tous les officiers de la garnison... à l'exception de ceux de votre régiment, qui est arrivé aujourd'hui seulement...

— Eh bien.

— Eh bien, au moment où j'allais présenter mon bras à la dame, il m'a dit brutalement qu'il n'avait que faire de mes services, que ma compagnie ne lui était pas nécessaire et qu'il saurait aussi bien qu'un autre tirer sur un freluquet... Qu'a-t-il voulu dire, par ce mot freluquet?

— Freluquet, signifie je crois homme frivole... homme sans consistance, *sot*, comme on dit en français.

— Sot!... Par le ciel, major, si je pensais que le drôle ait eu réellement l'intention de m'appeler sot, je le rosserais et le *cravacherais* partout où je le rencontrerais, même dans une église.

— Oh? oh! vous commencez à déraisonner, *os falta el juicio*, comme on dit en espagnol. Parlons maintenant d'une autre affaire, d'une affaire importante pour vous-même, mon jeune ami. Avant que vous veniez faire connaissance avec mon régiment, dites-moi depuis combien de temps vous êtes en garnison ici?

— Depuis dix-huit mois.

— Fort bien, cela fait, si je ne me trompe, un an et demi. Vous devez être presqu'un homme maintenant?

Il est impossible de décrire le regard à la fois étonné, mécontent et triste que le jeune homme jeta sur le major; mais celui-ci, sans s'en inquiéter continua...

— Et vous étiez à cette époque fiancé à mademoiselle Hope d'Oakside, dont vous ne cessiez de me vanter la beauté.

— C'est possible... Où voulez-vous en venir, répliqua Chatterton.

— Pourquoi avez-vous brusquement rompu avec elle? *Unde rixa*, comme on dit.

— Rompu avec elle... major Toddy, sachez que c'est elle qui a rompu avec moi.

— Est-ce elle-même qui vous a signifié votre congé?

—Ah! major! non. Croyez-vous que j'eusse consenti à aller lui demander des explications... Non, mais je sais qu'elle est mariée.

— Avez-vous au moins lu la publication de son mariage dans les journaux.

— Pas positivement... mais je tiens la nouvelle de source certaine. Elle a épousé ou elle devait épouser, ce qui est la même chose pour moi, un vieil officier, nommé, je crois, Smith... oui, c'est bien Smith; un ami de ce Smith me l'a assuré.

— Et vous avez rencontré ce monsieur... ce *Jonker*, comme on dit ironiquement en hollandais.

— En diligence, lors de mon dernier voyage à Londres.

— Ah! c'est un homme que vous rencontrez par hasard sur l'impériale d'une diligence qui vous apprend que votre fiancée se marie ou est mariée! La belle autorité ma foi! *la bella autorità*, comme on dit en italien. Et qu'avez-vous fait alors?

— Je lui ai renvoyé ses lettres, toutes ses lettres, en en ajoutant une de ma façon.

— De reproches?...

— Oui, vraiment.

— Et ensuite?

— Que pouvais-je faire ensuite !

— Écrire à sa famille.

— A quoi bon, je suis certain que sa sœur aînée, qui est une charmante personne, a été aussi indignée que moi de la conduite de Marion... elle se nomme Marion.

— Savez-vous que son frère doit arriver aujourd'hui, votre rencontre avec lui sera au moins drôle.

— Je puis me trouver en face de n'importe qui en Angleterre, répliqua avec feu le jeune homme, et s'il y a quelque chose de... drôle dans notre rencontre, ce ne sera pas de mon côté.

— Maintenant, mon très-jeune ami Chatterton, je vais vous dire quelques mots que vous n'entendrez probablement pas avec grand plaisir... je crois néanmoins devoir vous les dire. A la mort de votre noble père, William Chatterton, vous serez riche comme un juif allemand, baronnet, que sais-je encore... Vous êtes assez fier de votre fortune à venir et de votre titre, mais la fierté n'est pas votre plus grand défaut, vous êtes, quoique charmant garçon du reste, vous êtes, dis-je, pétri d'amour-propre, *zelfsliefde*, comme on dit en hollandais.

— C'est possible.

— Et votre amour-propre n'est pas de l'orgueil, mais de la vanité... Je ne sais pas si vous le savez, mon très-jeune compagnon, si vous ne le savez pas, je suis heureux de pouvoir vous l'apprendre; l'orgueil est un sentiment noble qui fut, depuis la création du monde, le partage des intelligences d'élite... mais la vanité n'a jamais été et ne sera jamais qu'un petit vice qui accuse presque toujours un esprit étroit.

— Vous n'êtes pas complimenteur aujourd'hui, interrompit Chatterton avec un sourire qu'il chercha, mais vainement, à rendre gracieux.

— Vous trouvez? reprit le major Toddy

sans se déconcerter, souvenez-vous pourtant, mon jeune ami, que j'ai dit presque toujours et non toujours. A toutes les règles il y a des exceptions.

— Mais, où voulez-vous en venir, major?

— J'en veux venir à cette vérité, que vous attachez cent fois plus d'importance à des futilités qu'aux choses du monde les plus sérieuses.

— Mais...

— J'en veux venir à cette autre vérité, qu'avec des qualités solides, un cœur excellent, un caractère égal, de l'esprit... de l'esprit, entendez-vous,.. Vous ne faites jamais que des sottises.

— Des sottises?

— Ou des folies, si vous l'aimez mieux, grâce à votre excessive vanité.

— Je ne vous comprends pas encore.

— Vraiment; eh bien, je vais m'expliquer. Vous êtes *un véritable écervelé*, comme on dit en français, je n'en veux pas d'autre preuve que cette querelle absurde avec une femme charmante, ce renvoi de lettres, parce qu'un vagabond, assis, ou plutôt perché sur l'impériale d'une diligence s'avise de vous faire quelque sot rapport sur un monsieur Smith.

— Le capitaine Smith dit Chatterton en se mordant les lèvres ; c'est un officier bien connu ici... Il était enseigne dans un des régiments qui composent la garnison, et il a quitté le service parce qu'un parent lui a laissé une fortune immense .. C'est, à ce qu'il paraît, un homme déjà vieux.

— Oui, si toutefois à 37 ou 38 ans on est vieux... Ah ! ah ! mon jeune ami, reprit le major en frisant sa moustache grise, vous croyez qu'à 37 ans on n'est plus bon à rien, pas même à faire un mari ; eh bien, je prendrai la liberté de vous dire que vous êtes dans la plus complète erreur.

Le jeune homme examina le visage irrité de son vieil ami, dont les rides, appelées vulgairement pattes d'oie, accusaient au moins 45 ans, et s'apercevant qu'il venait de dire une sottise, il ajouta, de son air le plus aimable :

— Sans doute, sans doute, mais de quel droit... elle... Marion s'est-elle mariée sans me prévenir de ses intentions.

— Parbleu ! qui vous a donc constitué le gardien de cette jeune fille... Si vous étiez réellement son fiancé, par quel hasard n'êtes vous pas allé à Oakside pour découvrir le vrai et le faux de cette affaire.

Chatterton, honteux, baissa la tête afin de cacher sa confusion, il était écrasé par la justesse du raisonnement de son vieux compagnon. Après un moment de silence il s'écria résolument :

— Ce qui est fait est fait, ainsi donc, major, allez comme un bon camarade, à la recherche de mon vilain. Je ne serai heureux que lorsque je lui aurai donné une petite leçon de savoir vivre.

— Mais il faut d'abord que vous me donniez son signalement et que vous me disiez son nom ; sans ces utiles renseignements je pourrais porter votre cartel à un autre.

— Il est impossible que vous vous trompiez... c'est le rustre le plus lieffé des trois royaumes... D'ailleurs son nom est, sauf erreur, Nicolas Clam, et il demeure, je crois, dans quelque coin aux environs de Regent's park.

— Et la jeune dame est sa femme, n'est-ce pas ?

— Évidemment... Qui voudrait se montrer en public avec un pareil personnage sans y être forcé par la loi.

— Bien, mon jeune ami, j'arrangerai pour le mieux cette affaire, et très-probablement je vous rapporterai une déclaration par laquelle votre adversaire indigne affirmera n'avoir jamais de sa vie tiré sur un freluquet... Adieu, *Vaart wel*, comme on dit en hollandais.

— Au revoir.

— Et vous allez réellement finir la conversation sans rien m'emprunter.

— Oui vraiment... Mon père me tiendra pourtant en bride jusqu'à ce que je sois marié.

— Ainsi donc, vous avez perdu à la fois la jeune fille et l'argent : *la proie et l'ombre*, comme on dit en français, et tout cela à cause des mensonges d'un bavard... Chatterton, je me résume : vous êtes un étourneau... Et maintenant, *vale et memor esto mei. Au revoir*, comme on dit.

Après avoir prononcé ces mots d'une voix de stentor, le major fit un demi-tour sur ses talons et partit à la recherche de M. Nicolas Clam, fredonnant un couplet dont nous ne nous rappelons plus au juste ni le timbre ni les paroles.

CHAPITRE VIII.

Chatterton allait également s'éloigner, lorsqu'un monsieur, qui avait entendu les dernières paroles du major Mac Toddy, s'approcha du jeune homme et lui dit :

— Je crois, monsieur, avoir entendu prononcer le nom de Chatterton par l'officier qui vient de vous quitter.

— Vous avez bien entendu, monsieur, répondit Chatterton en regardant l'inconnu comme un débiteur regarde un créancier.

Disons en passant, qu'à l'imitation de beaucoup d'officiers de l'armée anglaise, notre jeune écervelé était criblé de dettes.

— Est-il de votre régiment ? ajouta le questionneur.

— Oui, reprit laconiquement le jeune homme, qui n'était pas trop rassuré.

— Le connaissez-vous? poursuivit l'étranger.

— Oui, fit invariablement l'adversaire de M. Clam.

— J'ai le plus vif désir de le voir... de lui parler de choses de la plus haute importance.

— Sur mon honneur, pensa Chatterton, c'est un créancier... Puis, après avoir examiné son interlocuteur, qui était vêtu avec une certaine recherche, il se dit à part lui : il est trop bien fait pour être un tailleur... trop poli pour être un marchand de chevaux... trop... ses bottes sont très-brillantes, c'est peut-être un de mes bottiers. — Ah! vous désirez voir M. Chatterton ..

— Beaucoup, interrompit l'inconnu, j'ai à l'entretenir de choses qui ne souffrent aucun retard.

— Une prise de corps sans doute, pensa le jeune homme. Ah! si le major Toddy ne m'avait pas quitté. — Y a-t-il de l'indiscrétion à vous demander de quelle nature sont les affaires dont vous avez à entretenir mon ami, car... Je suis son plus intime ami, continua l'officier, et vous pouvez être certain que Chatterton aura connaissance de tout ce que vous me direz.

— Il est nécessaire que je lui parle moi-même, monsieur, répondit froidement l'étranger .. Où croyez-vous que je puisse le rencontrer?

— Oh, très-probablement chez son banquier, dit en riant sous cape Chatterton, qui avait l'intention de mettre son interlocuteur sur une fausse piste, il vient de faire un héritage considérable, et il se dispose à payer toutes ses dettes.

— Il en est une qu'il trouvera sans doute quelque difficulté à acquitter malgré sa nouvelle fortune, répliqua l'inconnu avec un sourire ironique.

—Vraiment, monsieur? Mais quel peut être cet usurier si récalcitrant, pensa Chatterton, aurais-je, dans un moment d'oubli, signé une lettre de change au profit de messire le grand diable?

— Oui monsieur, continua l'homme aux bottes luisantes avec un sourire plus ironique encore que le premier, et cette dette est telle qu'il ne peut la nier... J'ai toutes les pièces à sa charge.

— Fort bien, M. Chatterton ne discutera pas la valeur de vos pièces, et j'ose dire qu'il y en a bien d'autres qui sont vis-à-vis de lui dans la même position que vous.

— Y en a-t-il réellement d'autres dans la même position? demanda l'étranger... C'est un homme sans foi ni loi.

— Un homme sans foi ni loi... Osez-vous bien, monsieur, donner une pareille épithète à un loyal gentilhomme.

— Je ne la donne pas à un loyal gentilhomme, monsieur, je la donne à M. Chatterton.

— A moi, monsieur! c'est à moi! Je suis Chatterton, monsieur; et maintenant où sont vos papiers? quel en est le montant? Sont-ils de Stulz ou de Dean, s'écria le jeune officier rouge de colère.

A ces mots l'étranger s'inclina en soulevant son chapeau avec politesse, mais froidement.

— Trève de politesse, vociféra Chatterton hors de lui... Où est votre billet?

— Je ne sais ce que vous voulez dire... Que me parlez-vous de papiers... de billets... de..

— Vous n'êtes donc pas tailleur... bottier ou... quelque chose comme cela... Ne m'avez-vous pas assuré que vous aviez des réclamations à me faire, des pièces à ma charge...

et que sais-je encore... Allons... Arrangeons-
nous, je suis prêt à vous souscrire un billet,
et je puis certifier que le major Toddy, mon
compagnon d'armes, voudra bien me servir
de caution...

— Et cette immense fortune dont vous
veniez d'hériter, dit l'étranger en ricannant
elle s'est donc évanouie subitement comme
un beau rêve?

— Monsieur !

— Monsieur, me connaissez-vous?

— Non ; mais je sais que vous êtes le drôle
le plus impudent que j'aie jamais rencontré,
et je voudrais que vous valussiez de la poudre
et des balles.

— Nous verrons cela, mon beau million-
naire, continua l'inconnu avec un sourire
ironique... Avez vous entendu parler du capitaine Smith?

— J'en connais vingt de ce nom et je suis
lié intimement avec quinze d'entre eux.

— Je me vante d'être au nombre de ceux
qui ne sont pas honorés de votre amitié.
Connaissez – vous madame Smith, Monsieur?

— J'en connais vingt-trois... Ensuite?

—J'espérais que le souvenir d'Oakside vous
ferait traiter ce nom avec plus de respect.

Le visage de Chatterton se contracta de fureur.

— Ainsi donc, dit-il, en soulevant son chapeau avec plus de fierté et plus de froideur que son adversaire, si c'est possible, ainsi donc, vous êtes le capitaine Smith dont j'ai entendu parler; ce n'était donc pas un faux rapport? Je suis charmé de vous rencontrer et de voir que je puis, sans me compromettre, vous loger quelques balles dans la tête. Votre conduite inqualifiable mérite un châtiment, Monsieur, et je me charge de vous l'infliger.

— Fort bien, répliqua le capitaine Smith. Le plaisir de vous provoquer en duel était le seul résultat que j'espérais de ma visite; j'accepte donc vos propositions... Je m'étonne seulement qu'il vous soit resté encore assez de courage et d'honneur pour être sensible à une insulte.

— Monsieur ! vociféra Chatterton.

— Pouvons-nous nous rencontrer ce soir, répondit avec calme le capitaine.

— Certainement; dans dix minutes je vous ferai savoir à quelle heure je serai libre par un ami qui remplit auprès d'une tierce personne la mission qu'il remplira bientôt près de vous,

— C'est convenu, dit le capitaine Smith. Et les deux adversaires, après s'être salués avec raideur, poursuivirent leur chemin dans deux directions opposées.

CHAPITRE IX.

Pendant que ces événements se passaient, M. Clam et l'inconnue marchaient toujours silencieusement du côté de la caserne. La jeune dame était tellement pensive, qu'elle ne faisait pas la moindre attention aux fréquentes toux par lesquelles son compagnon exprimait une grande envie de parler ; déjà il avait cherché cinquante moyens de mettre un terme à cette marche précipitée, mais aucun n'avait été couronné de succès. L'étrangère continuait toujours à l'entraîner, et quoique fatigué, hors d'haleine et surtout furieux, il était obligé de poursuivre sa route avec la même vitesse.

— Toutes mes tribulations, pensait M. Clam, viennent de ce que madame

Moos a écrit un ouvrage philosophique intitulé : *de la dignité des Femmes* Si elle
n'avait pas publié ce volume aussi mer-
veilleux que gros, et aussi gros que mon
porte-manteau, elle n'aurait jamais découvert que je ne pouvais pas sympathiser
avec elle avant de m'être perfectionné par
les voyages, et je serais à l'heure qu'il est
chez moi, tranquillement assis dans un bon
fauteuil. Je n'aurais jamais quitté mon n° 4
pour venir me quereller avec de grossiers
militaires, qui me tueront peut-être, et pour
être traîné au supplice par une femme inconnue, par un personnage anonyme, comme
dit madame Moos.

—Ma foi, madame, ajouta-t-il tout haut,
poussé au désespoir par la crainte d'une
attaque d'apoplexie, c'est mener les choses
un peu trop loin. Je dirai même beaucoup
trop loin .. Voulez-vous me permettre de
vous adresser une question ?

—Certainement, monsieur, mais pour
Dieu ne vous arrêtez pas.

—Il faut bien que je m'arrête, pourtant .. Je ne sache pas qu'un homme ait jamais eu assez d'haleine pour parler et courir en même temps. Eh bien ! maintenant
voulez-vous me dire, madame, ce que tout

cela signifie ; pourquoi ce jeune militaire et moi nous avons été obligés de nous disputer, ce que vous êtes venue faire de Londres et ce qui vous appelle à la caserne?

— Vous saurez cela, Monsieur....... Je vous raconterai tout quand nous serons arrivés... Mais n'entravez pas mes projets en ce moment, je vous en conjure. Si nous arrivons à temps, tout peut encore s'arranger, sinon...

Le ton dont la jeune dame prononça ces dernières paroles, et le regard dont elle les accompagna, ne satisfirent pas la curiosité de M. Clam ; cependant il cessa de questionner ; il avait compris enfin que de plus grands efforts pour pénétrer ce mystère seraient inutiles ; et ses idées sur tous les événements étranges qui lui arrivaient depuis le matin, étaient aussi embrouillées que jamais, lorsqu'ils parvinrent au terme de leur voyage.

CHAPITRE X.

En entrant dans la cour de la caserne, la compagne de M. Clam s'enveloppa avec plus de soin encore dans son voile, et s'adressant à un des soldats qu'elle vit sous la porte, elle lui demanda si le capitaine Hope était dans son appartement.

— Il n'est pas encore arrivé ici, madame, mais nous l'attendons à chaque instant avec son détachement, répondit le militaire en portant la main droite à son shako.

— Il n'est pas encore arrivé! s'écria la jeune dame.. Quel chemin doit-il prendre pour venir ici?

— La grande rue et le pont levis, Madame.

— Oh ! je désire le voir, le voir en particulier... quel malheur qu'il ne soit pas arrivé.

— Sur ma foi, murmura M. Clam, ceci n'est pas un beau chapitre à ajouter au livre *de la Dignité des femmes*... Je voudrais pour six guinées que mon infernale soif d'apprendre et d'agrandir mon intelligence ne m'eût pas fait faire la connaissance d'une personne qui se désespère parce qu'elle ne rencontre pas un militaire, et un capitaine Hope encore... Oh ! je vois bien que cette dame, en dépit de son voile et de sa pruderie, ne vaut pas mieux qu'une autre ; je dirai même qu'elle vaut beaucoup moins qu'une autre. Ah ! si madame Moos s'avisait de se trouver mal pour un capitaine Hope ! C'est sans doute quelqu'infidélité, quelque rupture de promesse.

Après un instant de silence, M. Clam désireux sans doute de se dégager, et piqué du manque de confiance par lequel on avait répondu à ses avances, dit assez sèchement à sa compagne :

— Qu'allons-nous faire maintenant, madame ? Si vous aviez voulu me raconter quelque peu de votre histoire, je pourrais peut-être vous donner un conseil salutaire.

— Oh ! vous la saurez tout entière. —

Soldat, ajouta-t-elle en s'adressant au fac-
tionnaire qui avait déjà répondu à ses questions, y a-t-il quelque dame à la caserne...
quelque femme d'officier?

— Il y a la dame de notre colonel... elle
est en ce moment occupée à faire l'inspection des bagages du régiment dans la cour
intérieure.

— Venez, Monsieur, venez vite, dit-elle
à M. Claw, qui fut de nouveau obligé de
suivre sa persécutrice.

CHAPITRE XI.

Dans la cour intérieure ils aperçurent une dame à l'air déterminé et vêtue d'une amazone, qui paraissait très-occupée à reconnaître le nombre d'une grande quantité de caisses, de coffres et de boîtes, et à s'assurer si tout était en bon état, avec le même soin et la même habileté que si elle avait été garde-bagage.

Lorsque M Clam et sa compagne s'approchèrent, elle jeta sur eux un regard rapide.

— J'espère, madame, que vous voudrez bien me pardonner si je m'adresse à vous, dit notre héroïne en quittant le bras de M. Clam et en soulevant son voile.

— Que désirez-vous, madame, répondit

la colonelle, je n'ai pas le loisir de vous écouter longtemps ; — descendez cette boîte n° 19 H G, continua-t-elle en s'adressant à un sergent perché sur le haut de tout l'attirail.

— Je désire vous parler de choses fort sérieuses, madame.

—D'amour ! je le parierais... Eh qui vous a donc abandonnée, ma belle délaissée ?..... Cette caisse, Henicky, n° 34 A S.

— Il y a dans ce régiment un officier du nom de Chatterton ?...

— Oui, c'est un de mes jeunes braves... Je le connais, bien que je ne l'aie jamais vu... Ensuite.

— Puis-je vous parler un instant en particulier.

— Si c'est une affaire relative au régiment je vous écouterai volontiers ; mais si c'est quelque histoire sentimentale, allez trouver le colonel Sword... Je ne m'occupe jamais de futilités.

— En ce cas, pourrais-je voir le colonel Sword... madame ?

—Pourquoi ne pourriez-vous pas le voir... Allez à son appartement, vous le trouverez berçant le petit Édouard, mon plus jeune fils... Cette boîte, Henicky, L M, 26. — Et quel est ce vieux monsieur qui vous accompagne, continua madame Sword.. Votre procureur, sans doute ? Prenez garde d'être conduit à la pompe avant de sortir, bonhomme, car je n'aime pas à voir des gens de loi dans ces murs.

— Madame !... s'écria M. Clam tout bouleversé par la soudaine apostrophe de l'officier en jupon.

— C'est pourtant comme cela, ajouta *la colonelle* ; ainsi, hâtez-vous, ma jeune dame, M. Sword arrangera toutes vos affaires.

— Le capitaine Hope n'est pas encore arrivé ici... je pense ?

— Charles Hope ? Non. Mais je l'attends avec sa compagnie et le reste des bagages... Vous aurait-il aussi abandonnée ? Allez trouver Sword, vous dis-je, et laissez votre ami de la chicane battre en retraite sans tambour ni... Combien y a-t-il de caisses ici, Henicky ?

L'intrépide madame Sword continua son inspection, et la compagne de M. Clam, laissant ce dernier plongé dans l'ébahissement le plus complet, se dirigea vers l'appartement du colonel, et quelques instants après elle était en présence de M. Sword.

CHAPITRE XII.

C'était un homme grand et maigre, pro-
priétaire d'un nez fort aquilin, et d'une
figure d'une extrême paleur; il n'était pas
précisément occupé à bercer le petit Édouard
comme l'avait supposé sa femme, mais il re-
posait dans une attitude nonchalante, la tête
baissée, les pieds étendus en avant et les
mains plongées dans ses poches. L'arrivée de
l'étrangère le réveilla subitement, et il l'accueillit avec autant de politesse que sa femme
en avait montré peu.

— J'espérais, monsieur, trouver mon frère
le capitaine Hope dans cette caserne; mais
mon espoir a été trompé, dit la jeune dame.

— Une sœur du capitaine Hope?... Je suis
enchanté de vous recevoir... Donnez-vous

donc la peine de vous asseoir. Je serais heureux, ma chère dame, si je pouvais vous être utile ou agréable.

— Je viens, Monsieur, réclamer la faveur d'un entretien particulier.

— Je suis à vos ordres... Mais avez-vous parlé à madame Sword, avant d'entrer ici ?

— Oui... Il n'y a qu'un moment... Elle était fort affairée et elle m'a envoyée vers vous.

— Elle est bien bonne, dit le colonel... Mais comment puis-je vous rendre service ?

— J'ai une sœur, colonel Sword, une sœur fort jeune et fort étourdie... Elle fit, il y a environ un an, la connaissance d'un officier de votre régiment.

— Pouvez-vous me le nommer ?

— C'est M. Chatterton... Ils furent fiancés... et ce projet d'union était approuvé par les deux familles, lorsque tout à coup M. Chatterton écrivit à ma sœur, une lettre insultante et rompit tous ses engagements.

— Qui peut lui avoir suggéré une pareille idée?... Votre sœur vous ressemble-t-elle, ma chère dame ?

— On le dit, colonel; mais elle est plus jeune que moi, elle n'a que dix-huit ans.

— Alors, Chatterton est un fou... 'Bon Dieu, que ces écervelés font peu de cas de leur bonheur ! Et que désirez vous que je fasse, madame ?

—Que vous empéchiez un duel, M. Sword... Mon frère est vif et emporté, Chatterton est vain et entêté... Il y aura certainement entre eux des explications, des querelles, des injures et du sang répandu... Oh ! colonel, aidez-moi à prévenir un pareil malheur ! Je brûle de voir mon frère pour lui dire que la rupture vient du côté de Marion, c'est le nom de ma sœur,... qu'elle s'est mise à détester Chatterton comme elle s'était mise à l'aimer, sans trop savoir pourquoi. Nous avons jusqu'à présent fait un mystère de tout ceci. Je n'en ai pas même parlé à mon mari.

— Vous êtes donc mariée ?

—Au capitaine Smith, qui a servi dans votre régiment.

— C'est un de mes meilleurs amis:.. Donnez-moi votre main, ma chère dame, et croyez-moi, nous ramènerons ces jeunes fous à la raison. Si je les vois se faire des yeux méchants, je les enverrai tous deux aux arrêts forcés... Mais quel peut être le motif de la conduite de Chatterton ? J'ai toujours reçu de très-bons rapports sur son compte , et M. Toddy vient encore de m'écrire que c'est le meilleur garçon de tout le corps.

— Je ne puis que faire des suppositions... Il n'a donné aucune explication , il s'est contenté de renvoyer toutes les lettres de ma sœur en lui souhaitant d'être heureuse dans sa nouvelle position.

— Et quelle est cette nouvelle position ?

— Une fort triste , je vous le garantis, colonel , elle est malade et languissante depuis cette rupture.

— Elle l'aime donc toujours ?

Madame Smith fit un signe affirmatif, et le colonel continua après avoir levé ses bras au ciel :

— Vous conviendrez ma chère dame , que les femmes sont d'étranges créatures... Souvent elles meurent d'amour pour ceux qui les méconnaissent... et presque toujours elles dédaignent ceux qui les aiment véritablement.

— Ainsi , colonel , je puis compter sur vous ?

— Je ferai pour le mieux... Je vais d'abord donner avis de tout ceci à ma femme, et je vous jure que si elle y met la main , il n'y aura aucune querelle dans son... Je veux dire dans mon régiment. Si vous voulez aller jusqu'au port, vous rencontrerez probablement M. votre frère. Moi, pendant ce temps, je verrai Chatterton... et je prendrai toutes les mesures que je jugerai nécessaires.

— Je vous rends grâce, M. Sword.

— A propos, le capitaine Smith ne sait rien de tout cela, m'avez-vous dit, je crois.

— Rien... absolument rien... Il est allé à Oakside, et j'ai profité de son absence pour venir ici donner des explications à mon frère Charles... Il faut donc que je retourne le plus tôt possible à Londres... Si mon mari venait à savoir le motif de mon voyage, il serait encore plus difficile à apaiser que mon frère.

En disant ces mots, la compagne de M. Clam prit congé du colonel après lui avoir serré la main.

CHAPITRE XIII.

Pendant l'entrevue de M. Sword et de madame Smith, il s'était passé de grands événements dans la cour intérieure de la caserne. « Quelle est cette dame », avait demandé *la colonelle* à notre ami M. Clam qui était resté ébahi à la même place, « avez-vous perdu votre langue, monsieur ? qui est-elle ? répondez-moi.

— Quand vous devriez me faire écarteler, je ne pourrais pas vous le dire, madame, je vous en donne ma parole d'honneur, avait répondu M. Clam.

— Ah ! vous ne voulez pas me le dire... avait repris la dame en relevant son chapeau et en abandonnant le soin du bagage à son ami le sergent Henicky. Cependant je prétends le savoir, et si vous ne l'avouez à l'instant, je trouverai peut-être bien le moyen de vous y contraindre.

— Moi, Madame ?... Comment est-il possible que je puisse avouer une chose que j'ignore. Je suis venu dans la voiture de Londres avec cette dame; j'ai failli, à cause d'elle, me faire tuer par un jeune officier. Je l'ai amenée ici en courant à perdre haleine, et je n'en sais pas plus que vous sur son compte.

— Pour tout autre, votre histoire serait assez vraisemblable, mais elle ne peut me satisfaire, moi, monsieur... Non, monsieur, je suis assez clairvoyante, je vous le jure, pour voir que vous êtes un procureur et que vous poursuivez quelqu'un de nos jeunes officiers pour une promesse de mariage, pour un enlèvement, ou pour toute autre niaiserie. Je vous préviens que nous n'aimons pas ces persécutions... Ainsi donc, sortez d'ici... lestement... mon vieux bonhomme, et emmenez avec vous votre belle éplorée, ou vous pourriez bien faire connaissance avec les couvertures neuves de mes soldats. .

— Berné ! je serais berné ! s'écria M. Clam en tremblant de tous ses membres.

— M'entendez-vous ? Allez chercher votre

Desdemone au cœur brisé et hors d'ici au pas accéléré. Je ne puis souffrir qu'un tas de chicaniers viennent chez moi jouer le rôle de conciliateurs et m'amènent toutes les filles des trois royaumes pour tourmenter nos jeunes officiers à propos de bagatelles; allons, volte face et en avant, marche....

— Madame, avait interrompu M. Clam au comble de l'étonnement et de la frayeur, avez-vous lu un ouvrage philosophique intitulé : *de la Dignité des femmes?* c'est un livre qui est dû à la plume de mon amie madame Moos, n° 5, *Waterloo, place Wellington road Regent's park.* ma plus proche voisine , une excellente femme , mais grasse... très-grasse. Vous n'avez jamais lu *de la Dignité des femmes ?*

— *De la Nullité des femmes ,* à la bonne heure... Quel est le niais ou la niaise qui a trouvé de la dignité chez les femmes ? Parlez-moi d'un homme brave , audacieux , téméraire... Un homme peut avoir de la dignité , lorsque les yeux étincelants et les narines ouvertes il s'élance la baïonnette en avant contre une ligne ennemie... Mais de la dignité chez les femmes ! laissez-les donc coudre, tricoter ou faire de la tapisserie .. Ah fi !... Allons , battez en retraite , mon brave homme, ou vous serez sous la pompe avant deux minutes, pour vous apprendre à venir débiter des absurdités sur les femmes.

— Sous la pompe! soupira M. Clam.

— Oui, sous la pompe; je vous y ferai mettre aussi sûr que mon nom est Jane Sword et que je commande le régiment des *Pigeons buveurs de sang*.

— Madame, les pigeons ne boivent pas de sang, je le sais fort bien, madame Moos me prête des livres d'histoire naturelle.

— Ah! les pigeons ne boivent pas de sang. . et vous buvez, vous, de l'eau?... Henicky, prenez un caporal, quatre hommes et...

— Oh! non, par grâce, Madame, s'écria M. Clam, votre très-humble serviteur... Je pars à l'instant.

La malheureuse victime des idées de madame Moos sur le développement de l'intelligence par les voyages, pensa que le meilleur parti qui lui restait à prendre était d'obéir sans retard aux ordres de l'officier femelle. En conséquence, il se dirigea aussi lestement qu'il le put, vers la sortie de la caserne; mais arrivé à la porte extérieure, la honte, la curiosité ou tout autre sentiment lui fit faire une halte.

— Partirai-je, après tout, pensa-t-il, sans avoir découvert quel est le nom et la position sociale de mon inconnue..... quelles affaires l'amènent ici, ce qu'elle sait sur le compte de Chatterton et ce qu'elle veut à Hope..... Il y a dans tout ceci un mystère, et madame Moos ne me pardonnerait jamais si je ne parvenais à l'éclaircir..... Je vais attendre ici cette jolie personne, car c'est une jolie personne, bien qu'elle n'ait pas voulu me raconter son histoire... Sur mon âme, je n'ai jamais vu de plus beaux yeux. — Oui, je vais l'attendre.

En conséquence, M. Clam s'arrêta court.

CHAPITRE XIV.

Il était posé depuis dix minutes à la même place comme un dieu Terme, regardant patiemment la porte par où devait sortir sa belle compagne qui était toujours chez le colonel Sword, lorsqu'un gentleman l'accosta en lui disant, après l'avoir salué avec une exquise politesse.

— Pardonnez-moi, Monsieur, si je trouble vos méditations.

— Vous ne troublez pas mes méditations, monsieur, car je ne médite pas. Je vous pardonne donc très-volontiers ; je suis même on ne peut plus disposé à vous satisfaire si vous désirez savoir l'heure qu'il est... Il est midi et demi. Si vous désirez savoir quand part la voiture pour Londres, elle part dans quarante minutes; si vous avez envie de m'interroger sur autre chose, parlez, mais parlez vite... car je suis pressé.

M. Clam débita cette tirade avec une extrême volubilité, en prenant une petite voix aigre-douce qui annonçait un médiocre désir de faire de nouvelles connaissances.

— Je n'aurais pas pris la liberté de vous déranger, monsieur, si je ne me trouvais dans une position exceptionnelle.

— Ah! vous êtes dans une position exceptionnelle?

— Oui, monsieur, par des circonstances toutes particulières que vous saurez plus tard.

— Plus tard! Vous ne pouvez sans doute me les faire connaître sur-le-champ, dit M. Clam en jetant sur son interlocuteur un regard inquiet, encore un nouveau mystère! pensa le voisin de madame Moos; puis il ajouta en levant ses petits bras au ciel : Ma foi, monsieur, il m'arrive dans cette ville tant de choses bizarres, que je voudrais pour beaucoup d'argent n'y avoir mis jamais les pieds... Je descends de diligence, et...

— Ah! vous êtes étranger, interrompit vivement le monsieur, j'en suis enchanté, le service que vous serez assez aimable pour me rendre n'en sera que plus grand.

— Mais que désirez-vous? Ma voisine du n° 5... une femme pleine de talents, mais grasse, vraiment trop grasse, dit dans ses ouvrages : N'achetez jamais de lard enveloppé dans du linge, ce qui veut dire dans le langage des simples mortels... ne vous mêlez jamais d'une affaire que vous ne connaissez pas.

—Aussi, la connaîtrez-vous tout entière... Mais avant toutes choses, je dois vous demander si vous voulez me servir de second dans un duel?

—Quoi! vous avez aussi un duel?... Quant à moi, je suis venu de Londres avec une jeune dame d'une beauté remarquable : c'est un ange. Je ne serais pas étonné si on me disait qu'elle a posé pour les vierges de Raphaël.

— Elle n'est donc pas de la première jeunesse, répliqua l'interlocuteur de M. Clam en souriant ?

— Elle a vingt ans et des yeux qui...

—Pardon, interrompit l'étranger, je ne désire pas recevoir vos confidences, en ce moment du moins... je suis pressé.

—Mais je m'efforce de découvrir pour

quelle affaire vous me demandez mon aide.

— Je crois au contraire que vous me racontiez vos aventures.

—En êtes-vous sûr...c'est possible Eh bien! monsieur, cette charmante-personne implora aussi le secours de mon bras, comme vous, avec une légère différence, pourtant...Elle me traîna à droite et à gauche à la recherche d'un militaire, puis d'un autre, et enfin d'un troisième.

— Bref, votre donzelle s'est moquée de vous avec une grâce parfaite.

— Eh! eh!

— Elle vous a ri au nez.

—N'importe... Je ne rencontre parbleu pas tous les jours de semblables lèvres pour rire de moi... Eh bien! monsieur, sur ces entrefaites, il survint un fat du nom de Chatterton...

— Chatterton! s'écria l'étranger en interrompant notre ami Clam, la chose est au moins singulière.

— Et il insulta, soit elle, soit moi... assez pour que je me crusse obligé de le souffleter... Je le souffletai donc en lui disant que j'attendais ses témoins.

Ici une pensée subite sembla frapper l'esprit de M. Clam. Sa figure, la figure est en-

core quelquefois le miroir de l'âme, sa figure,
dis-je, prit une expression d'angoisse impossible à décrire, et il ajouta sans lever les
yeux :

— Ne seriez-vous pas, monsieur, l'ami de
ce Chatterton ?

— Non, monsieur, non. C'est précisément avec lui que j'ai une affaire d'honneur.

Le visage de notre héros s'éclaira subitement. Il reprit son air belliqueux et se campa
de plus belle sur ses hanches en s'écriant :

— Par saint Nicolas, mon patron, le drôle
est né sous une mauvaise étoile. Si vous ne
le tuez pas, je le tuerai, ou vous le tuerez si
je ne le tue pas.

Puis il ajouta de sa voix la plus douce et
avec son sourire le plus gracieux :

— Pourrais-je sans indiscrétion, monsieur, vous demander le motif de votre querelle... une rupture de promesse, probablement?.....

— Une rupture ! C'est pour une rupture
de promesse que vous vous battez?

— Moi ? J'ignore absolument pourquoi je
me bats. Tout ce que je sais, c'est que ma
belle inconnue semblait fuir la présence de
ce maudit Chatterton.

— Vous le détestez ?

— Si je le déteste ?... Dites donc que je... le hais.

— Ainsi, je puis espérer que vous ne me refuserez pas le service que je réclame de vous ?

— Mais...

— Expliquez-vous.

— Dam...

— J'attends votre réponse.

— Hum ! hum !

— Acceptez-vous ?

— Je ne dis pas non.

— Mais vous ne dites pas oui.

— Non.

— Vous avez pourtant une insulte à châtier.

— Oui.

— Et vous refusez de me servir de second ?

— Moi, je n'ai pas dit cela.

— Vous acceptez donc ?

— Je ne me suis pas encore prononcé catégoriquement.

— Je le sais parbleu fort bien.

— A qui ai-je l'honneur de parler ?

— Au capitaine Smith.

— Moi, je suis Nicolas Clam, n° 4, *Waterloo, place Welling...*

— En ce cas, messieurs, dit de sa voix de basse-taille le major Toddy, en tombant comme une bombe entre les deux exterminateurs de Chatterton, je suis un homme fort heureux. *Very happy*, comme on dit, de vous trouver ensemble... Je suis porteur d'une invitation pour chacun de vous, de la part de mon ami...

— Chatterton ?

— M. Chatterton ?...

— Oui, M. Chatterton...

— Une invitation ! Oh! oh! il cherche à arranger l'affaire, il nous invite à dîner... Pour ma part, je ne m'y rendrai pas, s'écria M. Clam.

— Alors vous connaissez l'alternative, je suppose? répliqua le major.

— De payer moi-même mon repas à l'hôtel? Sans doute, je sais cela.

M. Toddy lança au voisin de madame Moos un coup d'œil qu'il aurait probablement désiré traduire en trois ou quatre langues différentes, quoiqu'il fût assez significatif; mais il n'en avait pas le temps.

M. Clam baissa les yeux sous ce regard foudroyant, et le major lui fit un petit salut hautain en se tournant complètement du côté du capitaine Smith.

— Je suis désolé, capitaine Smith, dit-il, de faire votre connaissance d'une manière aussi désagréable pour moi. J'ai entendu dire tant de bien de vous par des amis communs, que j'ai pour vous autant d'estime que si je vous connaissais moi-même. *Quel che si fa pergli altri si fa per se*, comme on dit. Je suis le major Mac Toddy.

— J'ai depuis longtemps le désir de vous connaître, major, et j'espère que toutes ces fâcheuses affaires n'étendront pas jusque sur nous leur mauvaise influence?

Les deux officiers se serrèrent cordialement la main.

— Eh bien! se dit M. Clam, au comble de l'étonnement, voilà une singulière manière de venir proposer un duel. Mais dans cette ville tout est mystère... N'importe, j'écouterai, je regarderai et je finirai bien par tout découvrir.

— Maintenant, capitaine Smith, permettez que je vous dise deux mots en particulier.

— Diable! en particulier, se dit tout bas M. Clam.

— Je hais les curieux et les bavards, continua le major, en envoyant à l'adresse de notre ami un second regard aussi significatif que le premier ; *odi profanum vulgus et arceo*, comme on dit... quelques instants d'entretien suffiront peut-être pour débrouiller les cartes.

— Je doute que quelques minutes d'entretien puissent arranger de semblables affaires, reprit en souriant le capitaine Smith, mais puisque vous le désirez, je me mets à vos ordres.

CHAPITRE XV.

Dès que les deux officiers furent assez loin de M. Clam pour qu'il ne pût entendre aucune de leurs paroles, ils s'arrêtèrent, se regardèrent un instant en silence, et M. Toddy renoua la conversation en ces termes :

— Avant tout, capitaine Smith, je dois convenir, *convenio*, comme on dit, que vous avez joué un tour... sanglant à M. Chatterton.

— Un tour! J'ai joué un tour à M. Chatterton, s'écria le capitaine; je ne vous comprends pas... Mais continuez, de grâce, je ne veux plus vous interrompre.

— Certes, M. Chatterton a fait des choses condamnables, mais il faut être juste, il était poussé par le ressentiment.

— Par le ressentiment... major Toddy?

— Oui, parbleu, par son ressentiment. *Ira furor brevis.* Et il est certainement concevable qu'un jeune homme de vingt-cinq ans se soit fâché après avoir été trahi d'une manière si brusque et si inattendue.

— Trahi! Pardon, pardon, je vous interromps encore, mais continuez sans me répondre.

— Je continue... Sans doute, *zonder twizfel*, comme on dit en hollandais... la jeune personne avait le droit de changer d'idées, cela se voit tous les jours, et si elle a jugé convenable de vous préférer à lui, je ne vois aucune loi divine ou humaine qui...

— Est-ce que par hasard ce fat chercherait maintenant à s'excuser en insinuant que Marion me préférait... Major Mac Toddy, je suis ici pour recevoir votre message, ainsi, acquittez vous-en, je vous prie, et vidons au plus vite cette sotte affaire... C'est une calomnie indigne d'un galant homme!

— Une calomnie! exclama le major étonné, est-ce que par hasard vous voudriez me faire accroire, capitaine Smith, que la jeune dame ne vous préfère pas à lui?

— A l'heure qu'il est, peut-être, car elle a, je l'espère, assez de fierté ou assez de raison pour le mépriser... Mais je puis affirmer que jamais jeune fille ne fut plus attachée à un homme que Marion l'était à M. Chatterton. Sa santé est altérée ; elle a perdu la gaîté de la jeunesse. Vraiment, s'il faut parler avec franchise, j'ai peur que malgré tout ce qui s'est passé elle n'aime encore ce mauvais sujet

— Depuis quand avez-vous ces soupçons ? demanda le major.

— Depuis fort peu de temps. Avant mon mariage je ne pouvais en juger aussi bien que depuis.

— Diable ! diable ! fit le major en jetant sur le capitaine Smith un regard qu'on aurait pu traduire indistinctement par ces mots : pauvre homme, je vous plains ! pauvre fou, allez vous faire traiter ! ou pauvre mari, malgré moi je ris de votre déconvenue ! Puis il ajou'a : mais si vous aviez ces soupçons avant votre mariage, pourquoi vous êtes-vous marié ?

— Pourquoi ? Pensez-vous, major, que de pareilles choses puissent empêcher un honnête homme d'épouser la femme qu'il aime ? Madame Smith a de tout cela autant de regrets que moi-même.

— Mais pourquoi n'a-t-elle pas prévenu Chatterton de son mariage avec vous?

— Quel besoin avait-il d'être prévenu?

— Un grand besoin, j'imagine... ou s'il ne l'avait pas, je serais curieux de savoir qui aurait pu l'avoir.

— En ceci, monsieur, nous différons d'opinion. Soyez donc assez aimable pour vous acquitter de votre message... Indiquez-moi l'heure et le lieu du rendez-vous... je vous jure que je ne vous ferai pas attendre... je trouverai facilement un témoin parmi les officiers de la garnison. J'avais d'abord choisi un bourgeois, mais je crains, ajouta-t-il en souriant, que mon ami, M. Clam, me refuse ce petit service.

— Je suis fort embarrassé, je ne sais vraiment pas, comme on dit, de quelle manière agir dans cette affaire, murmura le major Mac Toddy; d'abord, si réellement votre femme est trop attachée à Chatterton...

— Ma femme, monsieur?

— Votre femme, *uxor*, comme on... Je dis donc que si votre femme continue à aimer Chatterton, c'est à vous et non à lui d'envoyer le cartel.

— C'est certainement ce que je ferais si elle me donnait des raisons pour en agir de la sorte, major Mac Toldy ; si votre ami se vante de quelque chose de semblable, sa conduite est encore plus infâme que je ne le pensais.

— Mais c'est vous-même qui me l'avez dit il n'y a qu'une minute.

— Vous vous trompez, monsieur, je dis que Marion Hope est encore assez folle pour aimer Chatterton.

— Eh bien ?

— Eh bien ?

— Marion Hope ?

— La sœur de ma femme ?

— La sœur de votre femme !... Vous ne vous êtes donc pas marié avec la fiancée de Chatterton ?

— Non monsieur... mais avec sa sœur aînée.

— Oh ! si je tenais entre mes doigts la gorge de ce faquin de l'impériale de la diligence ! vociféra le major... Donnez moi votre main, capitaine Smith... toute cette affaire n'est qu'un malentendu... je ne vous demande que dix minutes pour aplanir toutes les difficultés... Venez avec moi chez Chatterton, nous le rendrons plus heureux qu'un roi.

Il croyait que vous lui aviez enlevé sa

maîtresse, courons le détromper. *Vamos a desenganarlo*, comme on dit en espagnol.

Le capitaine Smith eut enfin le mot de cette énigme, et M. Clam, poussé par le désir de s'instruire, ou plutôt par la curiosité, allait s'approcher des interlocuteurs pour faire quelques questions, lorsque sa compagne de voyage, plus mystérieuse et plus voilée que jamais, vint poser délicatement la main sur son bras.

— Ne bougez pas, par pitié... dit-elle à voix basse.

— Mais...

— Je vous en prie.

— Au moins serez-vous reconnaissante ?

— Très-reconnaissante.

— Je vous dirai plus tard comment je comprends la reconnaissance.

— Fort bien, mais laissez-les partir, continua l'inconnue, nous pouvons nous retirer dans une rue latérale... s'ils me voyaient je serais perdue.

— Encore perdue. Le mystère devient de plus en plus impénétrable, pensa M. Clam.

— L'un des deux est mon mari.

M. Clam lâcha immédiatement le bras de la dame.

— Une femme mariée ! s'écria-t-il, courir

après des capitaines, des colonels, et *cætera*. Voulez-vous bien vous expliquer, madame? car mes idées sont tellement embrouillées que je ne sais plus si je marche sur ma tête ou sur mes pieds.

— Oh! pas maintenant... vous ne tarderez pas à tout savoir... Mais venez avec moi jusque sur le port, et tout finira bien.

— Vous croyez? Alors je désire que cela finisse promptement, car encore une heure comme celle que je viens de passer et je serais mort.

CHAPITRE XVI.

Pendant ce petit dialogue qui avait eu lieu à voix basse, le capitaine Smith et le major Mac Toddy avaient disparu et M. Clam était sur le point de prendre avec sa compagne le chemin qui conduisait au port, lorsqu'un jeune officier s'avança rapidement.

— Charles? s'écria la jeune dame en se jetant au cou du nouvel arrivant.

— Comment, encore un militaire, pensa M. Clam, elle connaît donc toute l'armée.

— Mary! dit avec joie le jeune officier... Combien je vous remercie de m'être venue recevoir.

— Je voudrais vous parler en secret, ajouta l'inconnue.

— A vos souhaits, répondit le militaire.

Et ils se retirèrent à l'écart laissant M. Clam hors de portée de leur voix.

— Encore des mystères, murmura ce dernier tout-à-fait désappointé ; ce n'est pas avec tout cela que j'agrandirai mon esprit et que je développerai mon intelligence. A mon retour je ne pourrai pas raconter grand chose à madame Moos. Toujours des mystères d'un côté et des confidences de l'autre, et pour mon compte il ne m'arrive que des menaces de mort, de bernements ou de bains froids... Décidément je ferais bien, je crois, de retourner à *Waterloo place* dès ce soir, oui, dès ce soir je partirai pour Londres, et en arrivant je brûlerai le livre *De la dignité des femmes.*

En quelques mots madame Smith expliqua toute la situation à son frère, car le jeune officier était Charles Hope, son frère.

— Eh bien, allons trouver Chatterton, dit celui-ci en prenant le bras de sa sœur, je ne doute pas qu'il n'explique raisonnablement sa conduite... Et je serai bien aise de voir ce bon Smith.

— Oui, allons ensemble trouver mon mari.

— Elle va voir son mari... s'écria M. Clam, qui avait entendu leurs dernières paroles.

C'est la femme la plus fausse de toute l'Angleterre !

Le frère et la sœur s'éloignèrent rapidement après avoir jeté un petit salut en forme d'adieu à notre héros qui les regardait etonné, lorsqu'une voix aigre fit entendre derrière lui ces paroles menaçantes :

— Eh quoi, vous êtes encore ici , maudit procureur, aux aguets près de la caserne... Holà, sergent Henicky.

M. Clam se retourna et vit le terrible visage de madame Sword, le colonel en jupon, il n'en demanda pas davantage , une seconde après cette effroyable apparition, il avait disparu comme par enchantement.

CHAPITRE XVII.

La conversation de l'excellent M. Sword avec le lieutenant Chatterton avait si bien ouvert les yeux de notre jeune homme sur la folie de sa conduite, qu'il n'avait pas fallu un bien grand effort de la part de son supérieur pour le faire passer du regret au désespoir.

— Que j'ai été niais, se disait-il, de m'imaginer que Marion aurait pu me préférer tout autre homme.

Tel était le canevas de son soliloque. Et l'on peut voir, par ce simple échantillon, que malgré la découverte de sa niaiserie il n'avait pas entièrement renoncé à sa bonne opinion de lui-même.

— Il fallait que j'eusse perdu la tête pour penser que Marion consentît à épouser un homme de trente-six ans... Combien je suis contrarié d'avoir écrit à mon père que tout était rompu ! Croyez-vous, colonel, qu'elle veuille jamais me pardonner.

— Vous pardonner, mon cher garçon, je n'en sais rien, mais madame Sword prétend que les jeunes filles sont tellement folles qu'elles pardonnent tout, excepté l'indifférence.

— Et le capitaine Smith ! un brave militaire, le mari de la sœur de Marion, je l'ai insulté... il faut que je me batte avec lui.

— Non pas, mon jeune ami, vous devez lui faire des excuses si vous avez tort... sinon c'est lui qui doit vous en faire.

— Des excuses... entre militaires...

— Entre militaires comme entre bourgeois... un galant homme peut toujours reconnaître ses torts... D'ailleurs, madame Sword ne permettrait jamais un duel entre deux officiers de son... de mon régiment.

— S'il en est ainsi, c'est moi qui dois des excuses au capitaine Smith.

— Vous ne pouvez avoir une *meilleure chance*, comme on dit en français, interrompit le major polyglotte en entrant dans la chambre, car voici le capitaine Smith qui est tout prêt à les accepter.

— De grand cœur, je vous le jure, continua ce dernier en saisissant la main de Chatterton... Ainsi, pas un mot de plus sur ce sujet, je vous prie.

— Allons, allons, tout est pour le mieux dans ce monde, le meilleur des mondes possibles, dit en souriant le mari de *la colonelle* Sword. Capitaine Smith, vous plaiderez la cause de Chatterton près de la belle offensée.

— Le coupable fera peut être mieux d'être son propre avocat... il trouvera la cour très-favorablement disposée ; et comme le juge est lui-même à l'hôtel de la poste...

— Marion ici, interrompit vivement Chatterton, bon Dieu !...

— Oui, elle est ici, répliqua le capitaine, je savais qu'elle serait fort désireuse de voir son frère Charles aussitôt après son débarquement, et comme elle avait versé dans mon sein tous les mystères de votre querelle d'amour...

— *En un ratito se hara la paz entre los enamorados*, comme on dit en espagnol, interrompit le major.

— Et que j'étais déterminé à prendre

moi-même des informations sur cette affaire
je pensai que le prétexte de venir recevoir le
capitaine Charles Hope cacherait bien mon
intention, et après en avoir obtenu la per-
mission de sa mère, j'amenai ici Marion,
laissant ma femme à Londres.

— Où elle n'est pas restée longtemps,
ajouta le capitaine Hope lui-même en entrant
suivi de madame Smith, la mystérieuse
connaissance de M. Clam.

— Me pardonnerez-vous, mon ami, dit-
elle à son mari d'être venue ici sans vous
en avoir averti.

— Oui vraiment... mais à une condition,
c'est que vous me pardonnerez le même
tort.

— Fort bien, dit le major Toddy, je propose que nous nous rendions sur le champ
et sans retard, ensemble et séparément, *con-
junctim ac separatim*, comme on dit, à l'hôtel de la poste, nous pourrons tout arranger
là beaucoup mieux qu'ici, car nous devons
entendre également l'autre partie. *Audi al-
teram partem*.

— Ce sera un véritable *jour de noces*,
comme vous diriez en français, major, répondit le colonel Sword en offrant son bras à
madame Smith.

— Non pour moi, pauvre vieux célibataire, *Non nobis*, répliqua le major, et tout le monde prit le chemin qui mène à l'hôtel de la poste.

CHAPITRE XVIII.

Après avoir échappé aux terribles menaces de madame Sword, M. Clam s'était estimé fort heureux en retrouvant son sac de nuit sous la porte cochère de l'hôtel, à la place même où il l'avait déposé en arrivant.

— Garçon, cria-t-il, et le même personnage, avec les mêmes cheveux, avec le même habit bleu et avec la même serviette sous le même bras accourut à son appel.

— Que désire monsieur? répondit-il de sa même voix mielleuse.

— Y a-t-il une voiture qui parte pour Londres ce soir?

— Oui, monsieur, à six heures et demie.

— Le ciel en soit loué, je pourrai quitter cette infernale ville... Garçon?

— Monsieur?...

— Je suis arrivé aujourd'hui de Londres avec une dame voilée... une dame tout-à-fait inconnue. La connaissez-vous ?

— Non monsieur.

— C'est une femme mariée!... Quelle honte !

— Oui monsieur... Voulez-vous dîner avant de partir, monsieur, demanda le gar—çon sans écouter le récit de M. Clam, nous avons du beeftack, du rosbif, du plumb-puding, etc., etc.

— Non, je ne veux pas dîner... Son mari ne sait pas qu'elle est ici ; mais, garçon, M. Chatterton le sait... M. Clam accompagna cette partie de ses confidences d'un clin d'œil significatif qui ne produisit cependant aucun effet sur le garçon.

— Oui, Chatterton le sait ; car vous pou—vez être certain qu'il a maintenant découvert qui elle est...

— Oui, monsieur. Avez-vous retenu votre place, monsieur ?

— Elle ne voudrait pas pour tout au monde que son mari sût qu'elle est ici.

— Sur l'impériale ou dans l'intérieur, monsieur ? Le bureau est à la première porte par ici, continua le garçon.

— Ensuite il y a un grand monsieur qui parle toutes les langues, excepté la sienne. Je serais curieux de savoir qui il est.

— Vous n'avez que ce bagage, monsieur? Le commissionnaire va vous le porter au bureau, monsieur.

— Je ne sais pas non plus quell e est cette horrible femme, vêtue en amazone?... J'ignore ce que Chatterton peut avoir fait?... Qui peut-être la jeune dame... qu'est-ce que peut être son mari... Ah! et ce Charles qu'elle a embrassé en pleine rue... Garçon, y a-t-il ici une maison de fous?

— Non, monsieur; mais il y a un pénitencier.

— Alors, sur mon âme, mon inconnue serait bien...

L'observation de M. Clam, quelle qu'elle pût être, et évidemment elle n'était pas flatteuse pour sa compagne de voyage fut interrompue par l'arrivée de l'heureux Chatterton et de toute sa société.

M. Clam aperçut d'abord le colonel, le capitaine Hope et madame Smith; mais ils étaient si occupés de leur conversation qu'ils ne le virent pas. Vinrent ensuite le major Mac Toddy, le capitaine Smith et Chatterton.

— Ah! voici notre illustre ami. *Amicus noster*, s'écria en riant le major.

— Par Jupiter, ajouta Chatterton ; je devrais bien donner à ce personnage une leçon de politesse.

—C'est le savant naturaliste qui vous a appelé freluquet, continua le major. *Ludit miliem*, comme on dit.

— C'est le monsieur qui a refusé d'être mon second et qui m'a raconté quelques sottes histoires sur ses galanteries avec une dame qu'il a trouvée en diligence, ajouta le capitaine Smith.

—Messieurs, reprit M. Clam avec une politesse obséquieuse, je suis ici depuis ce matin, et je m'efforce de découvrir la cause de toutes les aventures mystérieuses qui m'arrivent. Voudriez-vous avoir l'extrême complaisance de me dire pourquoi depuis deux heures nous nous sommes querellés, insultés, menacés et *cætera.* . Mon estimable voisine, madame Moos, l'auteur *De la dignité des femmes...*

— Qu'elle soit la proie de Lucifer, interrompit le major Mac Toddy. *Der teufel hole isn*, comme on dit en allemand, nous n'avons pas le temps de vous écouter, drôle. — Avançons, messieurs..... Savez-vous quel est le numéro de la chambre de la jeune fille?

— Numéro 14, répondit le capitaine Smith.

Et les trois officiers pénétrèrent dans l'intérieur de l'hôtel de la poste.

— Encore une jeune fille ! pensa M. Clam. Puis il appela de nouveau le garçon.

Le garçon parut.

— Garçon !

— Monsieur.

— Je vous enverrai par la poste un billet de cinq schillings, si vous pouvez découvrir le fil de ce mystère, et si vous m'en faites connaître les détails, mon adresse est *n° 4, Waterloo place Wellington road Regent's park, à Londres.* J'ai employé inutilement tous les moyens possibles pour avoir le mot de cette énigme... mais Œdipe lui-même n'aurait pas su la deviner... Si donc vous faites quelques découvertes, adressez m'en le rapport et je vous enverrai le billet par le retour du courrier.

— Voici la voiture, monsieur, hurla le garçon.

— Parbleu, je vous entends bien... J'y monte et je me félicite de quitter vivant cette ville... Quant à ce brigand femelle habillé, en amazone, avec ses caisses et ses boîtes, si vous me le faites connaître...

— Monsieur, la voiture ne peut attendre un seul instant.

M. Clam jeta au ciel un regard désespéré quand il vit s'évanouir sa dernière espérance de découvrir les mystères dont il avait été le jouet, et il monta en voiture.

— Cocher? cria-t-il en s'arrêtant sur le marche-pied, il n'y a pas de dames dans l'intérieur?

— Non monsieur.

— Fort bien... marchons... S'il y en avait eu une seule, j'aurais fait la route à pied.

CHAPITRE XIX.

M. Clam arriva sain et sauf à Londres, il y revit l'auteur *De la dignité des femmes*; madame Moos ne lui trouva ni l'esprit plus vaste, ni l'intelligence plus développée; cependant, après s'être fait convenablement prier, elle consentit à devenir madame Clam.

J'aurais été heureux de pouvoir terminer cette nouvelle par les mots consacrés.

Les jeunes mariés vécurent longtemps parfaitement heureux, et ils eurent beaucoup d'enfants beaux comme des anges ou beaux comme leurs chers parents, ce qui n'aurait pas été tout-à-fait la même chose.

Mais hélas, le premier devoir d'un romancier (je n'ai pas dit d'un historien) étant d'écrire la vérité et rien que la vérité... je dois avouer que notre couple intéressant ne procréa aucun être vivant plus ou moins à son image et que fort peu de temps après ce gracieux mariage, l'illustre auteur *De la dignité des femmes* s'envola vers les cieux, blanche et pure comme une colombe.

L'époux inconsolable eut le courage de survivre à sa femme qu'il avait rendue fort malheureuse, non parce qu'il était un méchant homme, mais parce que depuis son retour précipité de B*** il fut sans cesse poursuivi par l'idée fixe de découvrir le secret des aventures dont il avait été malgré lui l'un des héros.

CHAPITRE XX.

Après trente-sept ans de recherches in-
fructueuses, M. Clam ressentit un chagrin
tellement vif en songeant que ces mystères
seraient peut-être toujours des mystères pour
lui, qu'il mourut à l'âge de quatre vingt-
sept ans, victime de son désespoir... et de
son obésité.

Ses biens devinrent la proie de trois ou
quatre collatéraux affamés qui le pleurèrent
un jour, oui vraiment, tout un long jour.

Le torrent de larmes qu'ils versèrent nous
fit présumer que par une sage administra-
tion, M. Clam s'était encore enrichi depuis
son voyage à B***, — les collatéraux sont les
thermom ètres par lesquels on connaît la
température de la fortune d'un mort.

Mais comme on ne peut pas se lamenter et gémir sans cesse, les parents de notre héros se consolèrent en pensant : que si au fond de la plus grande joie il y a toujours un peu de tristesse, au fond de la plus grande tristesse il y a toujours un peu de joie... Et en se partageant les livres sterlings du bon-homme.

FIN DE HEURES DE MYSTÈRE.

A la même Librairie :

Hygiène de la Beauté, par M. Debay, 1 vol. grand in-18,
 Prix :   3 fr. »»»

De la Femme, par M. Mathieu, docteur en médecine, un volume in-8,   7 fr. 50

Essai de Calliplastie, par M. Cid.

Histoire des Métamorphoses humaines, par M. Debay, 1 fort
 vol.   3 fr. 50

Folles Rimes, Poésies de M. Michel Carré, 1 vol. gr. in-18.

L'Eunuque, Comédie en vers du même auteur.

La Jeunesse de Luther, Drame en vers, idem.

Scaramouche et Pascariel, idem.

Les Notables de l'endroit, Comédie de M. Charles Narrey.

Les Parfums et les Fleurs, 1 vol. gr. in-18,   3 fr. »»»

Mariette, Comédie de M. Charles d'Hoymille.

Méléna, Drame du même auteur.

L'Auteur dans l'embarras, Proverbe dramatique, idem.

Le Dictionnaire d'Amour, par M. J. Duflot.

Sous presse :

Rubens en Espagne, 2 vol. in-8.

Le Passé et l'Avenir, Impromptu Prologue.

La Belle Chapelière, 1 vol. gr. in-18.

Écho de la Littérature et des Beaux-Arts, Revue critique
 des Ouvrages nouveaux français et étrangers. — Chroniques et
 nouvelles littéraires. — Compte Rendu des théâtres, etc., etc.
 Directeurs : MM. Ernest de Belenet et Dugrivel. — Prix : 15 fr.
 par an. On s'abonne, à Paris, rue St-Hyacinthe-St-Michel, 33.

Paris. — Imprimerie de Lacour, rue St-Hyacinthe St-Michel, 33.